**fundación sm**

**La Fundación SM destina los beneficios
de las empresas SM a programas culturales
y educativos, con especial atención a los
colectivos más desfavorecidos.**

Si quieres saber más sobre los programas
de la Fundación SM, entra en
**www.fundacion-sm.org**

Primera edición: septiembre de 2018
Tercera edición: febrero de 2019

Gerencia editorial: Gabriel Brandariz
Coordinación editorial: Berta Márquez y Alejandra González
Coordinación gráfica: Lara Peces

Título original: *E.T. the Extra-Terrestrial*
Traducción: Gabriel Brandariz

© Ediciones SM, 2018
   Impresores, 2 - Parque Empresarial Prado del Espino
   28660 Boadilla del Monte (Madrid)
   www.grupo-sm.com

ATENCIÓN AL CLIENTE
Tel.: 902 121 323 / 912 080 403
e-mail: clientes@grupo-sm.com

ISBN: 978-84-9107-944-6
Depósito legal: M-20894-2018
Impreso en la UE / *Printed in EU*

# E.T.

## EL EXTRATERRESTRE

Basado en la película escrita por Melissa Mathison
y dirigida por Steven Spielberg

Ilustrado por Kim Smith

Era la semana anterior a Halloween.
Elliot quería participar en la partida de rol
con su hermano Michael y sus amigos,
pero le dijeron que no.

–¡Venga, chicos! –rogaba Elliot–.
¡Yo también puedo luchar contra los duendes!

–Anda, vete a por la pizza –respondió Michael.

Elliot fue a la puerta
y pagó al repartidor.

Justo cuando entraba
de nuevo en casa,
oyó un ruido procedente
del cobertizo.

La casa de Elliot estaba cerca de un bosque.
A veces los coyotes se colaban en el cobertizo a buscar comida.
Pero esas huellas no parecían de coyote...

... y los coyotes no lanzan
pelotas a los niños.

Definitivamente, no era un coyote.

Elliot fue corriendo a avisar a su familia:
–¡Hay un duende en el cobertizo!
¡Es un duende de verdad!

–¿Y la pizza? –preguntó Michael.

Nadie creía a Elliot.

Al día siguiente, Elliot regresó al cobertizo.
Y después se internó en el bosque.
Buscaba al duende. Encontró gente
que también buscaba algo, y que tenía
extraños artilugios.

¿Buscarían lo mismo que él?
¿Qué harían si encontraban al duende?
Elliot tenía que hacerlo primero.

Esa misma noche, mientras todos dormían, Elliot colocó
un rastro de caramelos que iba desde el cobertizo hasta la casa,

subía por las escaleras

y llegaba a su habitación.

Y resultó que al duende le gustaban
los caramelos.

Al día siguiente, Elliot le presentó el duende a su hermano Michael...

... y a su hermana pequeña, Gertie.

Michael y Gertie comprendieron enseguida
lo mismo que Elliot había descubierto la noche anterior:
aquel duende era bueno e inteligente.

Los chicos querían saberlo todo
de su nuevo amigo. Era tan gracioso
que no parecía un duende.

–Puede que sea un mono
–dijo Michael.

–No me gustan sus pies
–dijo Gertie.

–Nosotros estamos aquí: casa –dijo Elliot–.
¿De dónde eres tú?

¡El duende
señaló al cielo!

Y entonces usó sus poderes
(y unas frutas y verduras)
para explicar su sistema solar.

No era un duende.
¡Era un ser de otro planeta!
¡Un extraterrestre!
Elliot decidió llamarle E.T.

Mientras tanto, la gente que buscaba a E.T. estaba cada vez más cerca...

A la mañana siguiente,
los chicos se fueron al colegio.

Cuando su madre se marchaba
al trabajo, oyó un ruido
en el armario.

Pero al abrirlo,
solo vio peluches.

E.T. tenía la casa para él solo.
Y se dedicó a explorarla.

Primero se hizo amigo
de la fauna local.

Después buscó algo de comer.

Encontró un juguete...

... y algo para leer.

Puso la televisión.

Aprendió formas
de comunicación terrestres...

... y se le ocurrió una idea.

Solo necesitaba algunas cosas.

Cuando Gertie volvió del colegio, le enseñó a E.T. el abecedario.
—G de globo —le dijo.

—G... —respondió E.T.

G de

—¡Sí! —dijo Gertie—. ¡G! ¡Bien!

Elliot llegó a casa un poco después.
E.T. estaba en el armario,
jugando con su hermana a los disfraces.

—Elliot... —dijo E.T.

—¡Le he enseñado a hablar! —se jactó Gertie.

Allí estaban todos los objetos
que E.T. necesitaba. Elliot metió la mano
en la caja y se cortó con una cuchilla.
–¡Auch! –se quejó.

–Auch –dijo E.T. mientras su dedo índice comenzaba a brillar.
Cuando E.T. tocó a Elliot, la herida desapareció.

Entonces, E.T. les enseñó a Elliot y a Gertie un dibujo
de lo que quería construir. Parecía una radio.
–Mi casa, teléfono –dijo E.T.

E.T. estuvo trabajando
en su radio toda la noche.

Mientras tanto,
la gente que le buscaba
estaba cada vez más cerca.

E.T. quería que su familia le encontrase y volver a casa con ellos.

Pero tenía que darse prisa. Vivir en la Tierra le estaba afectando
y empezaba a sentirse enfermo.

Al día siguiente celebraban Halloween.
Era el momento perfecto para llevar a E.T. al bosque,
donde podría mandar una señal clara a su casa.
Michael y Elliot decidieron que E.T. se haría pasar por Gertie.

Y salieron a la calle, a plena luz del día.
¡Nadie sospechaba nada!
A E.T., algunos disfraces le recordaban «su casa».

Elliot y E.T. se fueron alejando con la bici,
adentrándose en el bosque.

Justo cuando iban a caer por un precipicio... ¡E.T. usó sus poderes para que la bici saliera volando y se elevase hasta el cielo!

Aterrizaron en un claro
y montaron la radio.

E.T. la orientó hacia el cielo
y se sentaron a esperar.

Despertaron a la mañana siguiente, muertos de frío.
¡E.T. y Elliot habían pasado toda la noche en el bosque!

Los dos amigos regresaron a casa y la encontraron llena de gente.
Eran científicos que querían averiguarlo todo sobre el extraterrestre.
Así que lo metieron en una caja con la intención de llevárselo
a su laboratorio.

Mientras Elliot se despedía de él,
el corazón de E.T. comenzó a brillar.

—E.T. Mi casa, teléfono... —dijo E.T.

—¿Quieres decir que han venido
a buscarte? —preguntó Elliot.

—¡Sí! —exclamó E.T.

Elliot sabía que aquella era su última
oportunidad para ayudar a su amigo.

Mientras los científicos
estaban distraídos recogiendo
su equipo, Elliot y Michael
se escabulleron con E.T.

Los amigos de Michael los acompañaron con sus bicis
y, todos juntos, corrieron hacia el bosque.

¡Los científicos los perseguían!

Pero E.T. usó sus poderes de nuevo
y todos volaron por el cielo.

Llegaron al bosque.
Una gigantesca nave espacial
estaba aterrizando.

A Elliot le daba mucha pena tener
que despedirse. E.T. también estaba triste,
y la punta de su dedo comenzó a brillar.

–Estaré aquí mismo –dijo E.T.,
tocando con su dedo la frente de Elliot.

Y entonces, Elliot supo
que siempre recordaría
su extraordinaria amistad.